Du wirst immer bei mir sein

Inger Hermann · Carme Solé-Vendrell

Du wirst immer bei mir sein

Bechtermünz Verlag

Peter leckt seine Finger ab. Die Schokolade war weich geworden. Da hat er die ganze Tafel auf einmal gegessen. Arg süß war's. »Lass mal beißen«, sagt er zu Ulrike. Seine Schwester hält ihm ihren Apfel hin. Der ist aber sauer, puh ...
Sie sind schon drei Stunden unterwegs und es wird langsam heiß im Auto.
»Papa, wie lange fahren wir noch?«
»Vier, fünf Stunden werden wir noch brauchen, bei dem Verkehr.«
»Soooooooo lange!«
»Aber dafür haben wir auch Ferien!« Ulrike geht schon in die 2. Klasse. Sie freut sich auf die Zeit am Meer.
»Spielt doch etwas«, schlägt die Mutter vor.

»Guck mal, was auf dem Auto vor uns steht: S - AU – so ein Nummernschild möchte ich aber nicht haben!« Peter lacht.
Ulrike wundert sich: »Und der kleine Rote da heißt ES - EL!«
Sie überholen das Auto und winken einem jungen Paar zu.
Die beiden lachen vergnügt zurück.
»Wissen die, dass ihr Auto ESEL heißt?«
Auch Peter hat jetzt Spaß am Worte finden. »Papa, nicht überholen, ich kann nicht so schnell. S H A ...«, buchstabiert er mühsam. Peter kommt erst nach den Ferien in die Schule, aber die großen Buchstaben kennt er fast alle, die hat ihm Ulrike beigebracht.
»**N**eun **K**leine **T**iger« – »**K**atzen **F**ressen **V**ögel«, auch die Mutter spielt mit.
»**S**ieben **K**inder **W**einen.« – »**D**u **D**oofer **A**ffe.«
Peter kommt richtig in Fahrt. – »**D**er **K**önig **P**upst.«

D-124 K-M

»Peter«, mahnt die Mutter. »Jetzt reicht es.«
Die Mutter klingt ärgerlich.
»Aber das ist doch nur ein Spiel!«, verteidigt Ulrike Peter.
»Papa, warum spielst du nicht mit?«
»Ich hör euch zu. Ich wusste gar nicht, dass du schon alle Buchstaben kennst, Peter. Tüchtig bist du. Ich freu mich darüber.«
»Auch über die Schweinereien?«, fragt Peter begeistert.
»Na ja ... Mehr über dich.« – Vater zwinkert ihm im Rückspiegel zu. Er hat seine Sonnenbrille abgesetzt. Vaters Augen sind so blau. Er lacht ihn an.

Dunkle Wolken haben sich zusammengezogen.
Und jetzt regnet es, nein, es schüttet. »Wie aus Kübeln«, sagt die Mutter. Peter kuschelt sich in seine Ecke. »Da, ist deiner.« Ulrike schiebt ihm den abgeschabten Teddy rüber. Peter ist müde.
Er macht die Augen zu.
Der Vater fährt jetzt langsamer. Es hört sich an, als führen sie durch einen See. Es rauscht und spritzt.
Wie lange ist es noch zum Meer?

Letzten Sommer – Peter weiß es noch – da haben sie eine riesige Sandburg gebaut. Papa hat ihnen geholfen. Und dann sind sie ins Meer gelaufen.
Und weil er noch nicht so gut schwimmen kann, darf er sich an Papas Rücken festhalten. Wasser-Huckepack nennen sie das.
Die Sonne blitzt auf den Wellen.
Manchmal geht eine hohe über sie hinweg, dann tauchen sie wieder auf, lassen sich tragen.
Papas warmer Rücken fühlt sich gut an.
Da!
Eine riesige Welle!

Ein Knall. »Papa!«
Peter schreit laut.
Da sind helle Funken.
Überall.
Die Sonne! Das Wasser!
Dunkel.

Peter ist so müde. Sein Körper ist ganz schwer.
Er lässt die Augen zu.
»Peter ... hörst du mich?« Das ist Mamas Stimme.
Er öffnet die Augen. »Mama?«
»Peter ... Peter ...« Mama sitzt an seinem Bett.
Wo ist er denn?
Er ist so müde, macht die Augen wieder zu.
Die Wellen sind warm. Wiegen ihn.
Er schläft wieder ein.

Etwas tut weh. Peter öffnet die Augen.
Warum liegt er in diesem weißen Bett?
Er will sich aufsetzen, aber das geht nicht. Alles tut weh.
An seinem linken Arm steckt ein dünner gelber Schlauch.
»Mama«, schreit er, »Mama!«
»Hier bin ich, Peter. Peter, ich bin da.«
Die Mutter beugt sich über ihn.
Warum hat Mama einen Verband am Kopf?
»Mein lieber, lieber Junge.« Ihre Stimme ist leise und ganz anders.
»Mama, wo bin ich denn?«
»Im Krankenhaus, Peter. Und ein Weilchen musst du noch ...«
»Und Ulrike? Und Papa?«
»Ulrike ist bei den Großeltern. Es geht ihr gut.«
»Und der Papa?«
»Ulrike kommt dich morgen besuchen.«
»Und der Papa? Wo ist der Papa?«
Mutters Kinn zittert. »Ach Peter, der Papa ..., der Papa ...,
Peter, Papa ist tot.«
»Tot«, wiederholt Peter langsam.
»Ja. Bei dem Unfall ...« Die Mutter weint.
»Tot? – Aber er soll kommen!«
Die Mutter schüttelt den Kopf, streichelt sein Gesicht.
»Der Papa kann nicht kommen. Er kommt nie mehr.«
»Aber er soll mich besuchen!«
»Peter, der Papa ist tot.«
Peter schließt die Augen.
Er fühlt Mutters Hand und hört ihr Weinen.
Er ist so müde.
Der Papa tot?
So müde ... Der Papa ... Papa.

Aber da ist er ja!
Er ist doch gekommen.
Peter sieht ihn ganz deutlich.
Seine Augen.
Papas wuschelige Haare.
Ganz hell von der Sonne.

»Mama, der Papa ist doch ... siehst du ihn nicht?«
»Mein armer Junge. Mein armer kleiner Junge.«
Mama schluchzt.
Sieht sie ihn denn nicht?
»Papa!«, murmelt Peter. »Papa, ich bin so müde.«
Er sieht den Vater lächeln.
Mit seinen blauen Augen lächeln.
Echt Papa, denkt Peter. Und schläft wieder ein.

Am nächsten Tag kommt Ulrike ihn besuchen. Sie sitzt auf dem Stuhl, auf dem die Mutter gestern saß.
Komisch, wie sie so dasitzt, so steif und fremd. Auf dem Schoß hält sie eine Tüte. Peter sieht, dass sein Teddy oben rausschaut.
Ulrike sitzt einfach da und sagt nichts.
»Warum gibst du mir den Teddy nicht?«, fragt Peter schließlich.
Sie legt ihm die Tüte auf die Bettdecke. Mit der linken Hand zieht er den Teddy raus. Da ist noch was drin. Eine Schokolade.
»Von Oma«, sagt Ulrike. Dann guckt sie wieder vor sich hin.
Peter schaut den Teddy an. Wie abgeschabt der aussieht.
Er steckt ihn zu sich, unter die Decke.
»Warum bist du so komisch?«, fragt er nach einer Weile.
»Ich bin nicht komisch.«
»Aber du sagst gar nichts.«
Ulrike schaut aus dem Fenster hinaus.
»Weißt du es schon?«, fragt sie langsam.
»Das ... mit dem Autounfall?«
Ulrike nickt: »Und ... dass der Papa ...«
Nach einer Zeit sagt Peter: »Die Mama hat gesagt, dass der Papa, dass der Papa ... tot ist.«
Ulrike hat ihn kurz angeschaut, jetzt sieht sie wieder zum Fenster hinaus.
»Glaubst du das? Der Papa, unser Papa – wirklich tot?«
»Ja«, flüstert Ulrike, »tot. Der Papa ist tot.«
Im Zimmer ist es ganz still. Auf dem Flur lacht jemand. Auf den Bäumen, draußen, ist die Sonne. Helle Sonne – wie Papas Haare.
»Ulrike«, Peter spricht ganz leise, »aber – ich habe ihn gesehen.«
»Wen? Gesehen?«
»Den Papa. Gestern. Wirklich. Hier an meinem Bett.«
»Wirklich?« Ulrike schaut ihn an. Ihre Augen sind so blau wie Vaters Augen. Jetzt sind sie voll Tränen. »Ach Peter, das hast du nur geträumt.« Sie steht auf und geht zum Fenster.

Dann kommt die Mutter. Sie müssen gehen. Ulrike streckt ihm die Hand hin. »Da liegt noch Omas Schokolade. Bist du traurig, dass du alleine hier bleiben musst?«
Peter schüttelt den Kopf. Er hat ja den Teddy. Und vielleicht ...
Es war nicht geträumt! Er hat doch genau seine Augen gesehen ... und sein Lächeln, so wie nur Papa lächelt.
Wirklich tot – das kann er nicht glauben.

Später muss Peter noch mal geröntgt werden.
Weh tut es nicht, aber er hat trotzdem Angst.
Dieser komische, große Apparat, und er soll ganz still liegen.
Die Schwester geht raus. Er macht die Augen fest zu.
Er hat solche Angst.
Er ist ganz allein.
»Papa«, flüstert er, »Papa, ich habe Angst.«
Und dann ist die Angst auf einmal weg.
»Du bist tüchtig. Ich freu mich über dich.«
Das ist doch Papas Stimme.

Peter macht die Augen auf.
Die Schwester kommt rein.
»Keine Angst gehabt? Na prima.«
Sie hilft ihm aufzustehen.

Noch zwei Wochen, bis die Schule anfängt.
Peter kommt in die erste Klasse.
Bis es losgeht, darf er mit Ulrike bei den Großeltern bleiben.
Sein Arm ist fast gut, nur auf den Fuß muss er noch aufpassen.
Sie waren schon oft bei den Großeltern und kennen viele Kinder im Dorf.
Die alte Katze hat wieder Junge, vier kleine, kuschelige Kätzchen.
Peter hat zwei von ihnen mit hinters Haus genommen.
Da auf die Stufen, wo der Schatten vom Birnbaum hinreicht.
Sie kuscheln sich auf seinen Schoß.
Die Hühner scharren sich Mulden in den warmen Sand.
Wie kleine Sandburgen, denkt Peter.

Die Sandburg, die sie letzten Sommer mit Papa gebuddelt haben ...
Sie sind nicht ans Meer gefahren, in diesem Jahr. Und nächstes Jahr?
Nie mehr? Wegen Papa?
Peter kriegt eine Wut: Warum bist du denn tot? Du musstest doch nicht sterben! Mama ist auch nicht gestorben, und ich ... und Ulrike ... Nur du bist gestorben! Warum?
Nie mehr eine Sandburg. Das ist gemein! Peter weint.
Er ist wütend. Und traurig. Er wischt sich die Nase mit der Hand ab.
Da wachen die Kätzchen auf. Lecken an seiner Hand. Er streichelt sie.
»Papa«, sagt er leise, »Papa. Warum ...« Er spürt die Sonne, die zwischen den Blättern durchscheint. Es ist warm ... Peter wird ganz schläfrig zumute. Die Augen fallen ihm beinah zu.
Da ist er ja. »Papa!« Peter reißt die Augen auf. Nein, sehen kann er ihn nicht. Aber er spürt ihn. Ganz wirklich spürt er ihn. Genauso, als wenn man neben dem Papa sitzt. Er macht die Augen wieder zu und bleibt einfach eine Weile so sitzen – neben dem Papa.
»Du träumst wohl wieder?« Ulrike kommt durch die Gartentür.
»Gar nicht träume ich. Es stimmt doch ...«

»Es ist schon spät«, meint die Oma. »Wollt ihr nicht schlafen gehen?«
Aber es ist doch noch gar nicht richtig dunkel!
»Es ist so schön draußen, und sie haben ja Ferien. Wir könnten noch einen Abendspaziergang zum alten Teich machen«, schlägt der Großvater vor.
Der Teich liegt ganz auf der anderen Seite des Dorfes. Sie gehen außen herum.
»Das Kornfeld haben sie heute gemäht«, sagt Ulrike.
Man kann es riechen, den Staub und das warme Stroh.
Wie riesige schwarze Elefanten sehen die Weiden im Dunkeln aus.
Dahinter ist der Teich.
Hier ist es kühler. Peter nimmt Großvaters Hand.
»Seht ihr den Stern, den großen, dort oben, das ist der Jupiter«, erklärt der Großvater.
Sie legen den Kopf zurück. So dunkel ist jetzt der Himmel und so viele Sterne.
»Da!«, ruft Ulrike. »Eine Sternschnuppe!«
Peter strengt sich an. Er will auch eine Sternschnuppe sehen.
Man darf sich dann etwas wünschen, hat der Papa immer gesagt.
»Bevor wir alle die Nackenstarre kriegen, setzen wir uns mal hin.«
Großvaters Lieblingsbank steht nah am Ufer.
Ganz still ist es jetzt. Nur der heisere Hund, der auch tagsüber immer kläfft, den hört man noch, aber weit weg.
Sie sitzen rechts und links vom Opa, ganz nah an ihm dran.
Die Sterne spiegeln sich im Wasser.

»Du, Opa ...«
»Ja, Peter?«
»Ich will dich was fragen.«
»Hm.«
»Opa, du bist doch Papas Vater.«
»Hm.«
»Glaubst du denn, dass der Papa tot ist? Richtig tot?«
»Wie meinst du das, Peter?«
»Ach«, sagt Ulrike, »Peter träumt immer, dass der Papa da ist.«
»Nicht geträumt«, widerspricht Peter. »Manchmal, da ... ich weiß nicht ... als ob der Papa neben mir sitzt. Ganz lebendig. Oder sein Gesicht ... Es ist Papas Gesicht. Wirklich.«
»Glaubst du das, Opa?«, fragt Ulrike.
»Hm ...« Der Opa sitzt ganz still. Er schaut auf das Wasser. Und er sagt gar nichts. So sitzen sie einfach da.
»Hm«, macht er dann wieder.
»Wisst ihr, das ist nämlich so ... Manchmal, da kann man es spüren, dass jemand, der gestorben ist, jemand, den man lieb hat, dass er ganz nah bei einem ist. Manchmal spürt man das. Ja.«
»Aber dann ist er ja gar nicht richtig tot.«
»Doch, Ulrike. Er ist richtig tot. Alles, was an eurem Papa sterben kann, ist tot. Aber seine Seele, seine Liebe zu dir und zu Peter und zu Mama, die ist da. Und manchmal, da kann man es spüren, ganz nah – und ganz wirklich.«

Die Mutter hat ihn zur Schule gefahren. Sie wohnen ziemlich nah, aber weil es der erste Schultag ist, fährt sie ihn.
Als sie aussteigen will, sagt Peter: »Du brauchst mich nicht bringen, Mama. Ich kann alleine.« Er gibt ihr einen Kuss. Er sieht die Tränen in ihren Augen.
»Mach's gut, mein großer Junge.«
Großer Junge hat sie noch nie gesagt.
Sein Schulranzen klappert. Den neuen Schulranzen, den hat er mit Papa zusammen ausgesucht. Vor den Ferien. Papa!
Der Papa hat sich gewundert, weil er schon fast alle Buchstaben kennt. Gewundert hat er sich, und gefreut!

Die Lehrerin geht auf ihn zu. Sie gibt ihm die Hand und sagt: »Schön, dass du kommst, Peter.«
Kennt sie ihn denn schon? Er schaut sie an. Weiß sie denn, dass sein Papa ... das mit dem Unfall und so?
Sie zeigt ihm seinen Platz.

Und dann ist die Schule schon aus. Draußen hat es angefangen zu regnen. Sie dürfen noch im Schulhaus bleiben, bis es aufhört. Aber Peter möchte nach Hause. Er schiebt die schwere Schultür auf und geht hinaus.
Überall sind Pfützen auf dem Schulhof. Der Regen rauscht auf den Blättern. Es schüttet wie aus Kübeln, sagt die Mutter dazu.
Peter geht durch den Regen. Er hat heute seine Kappe nicht auf. Seine Haare sind pitschnass. Seine Turnschuhe auch. Der Regen läuft ihm übers Gesicht. Seine Schultern und seine Beine, alles nass.

Er macht einen Umweg durch den Park. Die beiden Enten auf dem See, denen macht der Regen auch nichts.
Peter bleibt stehen. Die Enten, der See, der Regen ... Steht jemand neben ihm?
Er schaut sich um. »Papa?«, fragt er.
»Tüchtig bist du, Peter. Ich freu mich über dich.«
Es ist wieder Papas Stimme.
Ganz warm ist ihm auf einmal.
Und überhaupt ist es schön. Die Enten sind schön und der Regen, und dass morgen wieder Schule ist, und dass zu Hause die Mama wartet, und Ulrike.

»Peter, wie siehst du denn aus? Du bist ja klatschnass!«
Die Mutter schüttelt den Kopf. »Frierst du denn gar nicht?«
»Nein, überhaupt nicht. Mir ist ganz warm.« Peter strahlt und seine Augen blitzen.
»War die Schule denn schön?«, fragt die Mutter.
»Die Schule? Och, ja. Und die Enten und der Regen.«
»Darüber freust du dich?«
»Ja«, sagt Peter.

Genehmigte Lizenzausgabe
für Weltbild Verlag GmbH, Augsburg 1999

Satz: Quark XPress im Verlag
Gesamtherstellung: Druckerei Ernst Uhl, Radolfzell
Printed in Germany
ISBN 3-8289-5981-4